한때
가까웠던
사이

한때
가까웠던
사이

강지후 지음

SAHARA
BOOKS

추천의 글

Recommendation

얼마나 가까워져야 내가 그대를 안다고 말할 수 있을까. 우리는 '한때' 가까웠던 사이가 아니라 '줄곧' 가까웠던 사이이다. '작품분석' 수업에서 교수와 학생으로 만났고 방송사에서 PD와 연기자로 만났다. 표정에 우수가 스밀 때마다 얼굴 좀 펴라고 재촉한지 스무 해가 넘었다. 어느 날 그가 펼쳐 보인 건 움츠렸던 날개 대신 노트북이었다. 아, 그동안 내가 알던 지후는 얼마나 작은 그의 일부였던가. 고백하건대 나는 그의 정체를 몰랐다. 그의 고독을, 그의 사랑을, 그의 천재성을 하나하나 밑줄 그어가며 나는 지금 그의 학점을 수정하는 중이다.

주철환 (프로듀서, 작가)

우리가 사랑하며 수없이 쓰고 지웠던 마음의 노트
"한때 가까웠던 사이"처럼
우린 그 사랑에 절실했고 또 무심해졌다...
이 책을 열고 우린 다시 그 시간에 선다.

정엽 (가수)

하나님은 우리의 삶을 가장 아름답고 멋진 모습으로 인도해 오셨습니다. 그런데 우리는 내가 생각한 모습이 아니어서 속상해하고 힘들어하지요. 하나님은 아름다운 '진주'로 빚으셨는데, 나는 왜 '다이아몬드'가 아니냐고 불평하며 원망합니다. 글을 읽으면 하나님께서 지후형제의 삶을 아름답게 빚어오셨음을 볼 수 있었습니다. 그 아름다움을 지후형제도 볼 수 있으면 좋겠고, 이 글을 읽는 분들도 볼 수 있으면 좋겠습니다.

고형욱 목사 (꿈꾸는교회)

프롤로그

prologue

사랑을 했고
이별을 했다.
그리고 다시 사랑을 꿈꾸며 살아간다.

꿈을 꾸었고
꿈에서 깨어났다.
그래도 다시 꿈을 꾸며 오늘을 산다.

1998년 MBC 개그맨 공채 9기 합격
학교 선배랑 동반합격의 기쁨에 젖어
새벽에 차 없는 도로를 점거하며 포효했지만
세상의 일부분도 가지지 못한 채로
군대에 입대했다.

제대 후 2003년 KBS 탤런트 공채 20기 합격.
주변에선 이제 SBS 아나운서 시험만 붙으면

최초 공채 트리플크라운 달성이라며
우스갯소리를 보태 축하해주었고
군대도 다녀왔겠다,
이젠 정말 거칠 것이 없을 거라 생각했지만
난 결국 이름을 널리 알리지 못한 채로
연기를 그만두었다.

무역회사에 취직했고
크지는 않지만 정해진 날에
따박따박 들어오는 월급에 취해
2년여의 시간을 보냈다.
어느 날 문득 뒤를 돌아보았다.
내가 꿈꾸던 삶은 이런 게 아니었는데...
무엇 때문에 나는 하고 싶지 않은 일을 하며
살고있는 걸까?
생각해보니 내가 회사원으로 살고 있는 이유는
돈에 대한 두려움과 누군가한테 내밀 수 있는
명함 한 장이었다.
더 늦기 전에 그 두려움을 떨쳐버리고
남에게 어떻게 보여지든
내가 하고 싶은 일을 하기로 마음 먹었다.

어렸을 때부터 꿈꾸고 바래 왔던
작가의 꿈을 다시 꺼내 들기까지는
적잖은 용기가 필요했지만
하고 싶은 일을 할 수 있도록
용기를 주고 응원해준 사람들 덕분에
나의 오래된 노트를 열어 보인다.

사랑을 했고
이별을 했고
다시 사랑을 꿈꾸었던
내 삶의 흔적들을
비슷한 경험을 한 누군가와
교감하고 싶은 간절한 마음을 담아...

목차

contents

chapter 2 이별

chapter 3 그리움

chapter 4 그리고 깨달은 것들

"제가 좀 비관주의자라서, 누군가에게 희망을 준다는 말은
그리 와닿지 않더라고요. 그래도, 내 감정을 누군가가
같이 공감해주고 교감하고 싶은 마음은 늘 있었어요.
제가 쓴 글들을 모르는 사람이 읽어주길 바라기보다는
나의 주변 사람들이 읽고 댓글로 피드백 해주는 순간들이
참 행복했던 것 같아요.
사랑에 대해서 많이 생각하고, 사랑할 때였죠."

chapter 1

사랑

Save apart time to love,

for your life is too short.

사랑할 시간을 따로 떼어두어라.

인생이 너무 짧기 때문이다.

_ 로버트 브라우닝

사랑에 관한 정의

누구나 사랑에 대해 정의 내릴 수 있다.
아무도 사랑을 정의 내리지 못하므로.

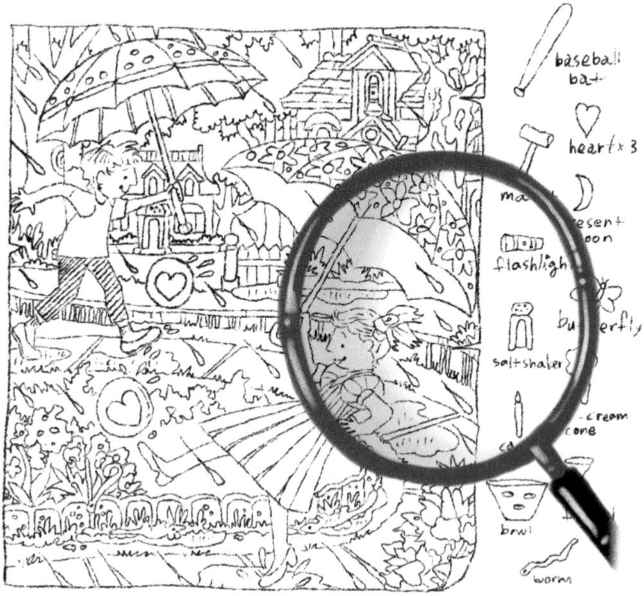

사랑 I

세상에서 가장 어려운 숨은그림 찾기.

사랑 II

사랑은 둘이 함께 완성해 나가는 것.

사랑 III

그 심한 굴곡까지 다 이겨낼 때
비로소 행복해지는 것.

사랑 IV

사랑은.

한사람에게 모든 것을 주는 것.

사랑 V

사랑이란.
이미 채워진 결과가 아니라,
하나씩 하나씩 함께 채워 나가는 과정이다.

사랑이란 어쩌면

사랑이란 어쩌면,

사랑이 넘쳐나는 순간에
사랑한다 속삭이는 것보다

사랑하지 않는 순간에
사랑으로 감싸 안아주는 것인지도...

두근두근

내 심장이 뛰는 건 사랑하고 있기 때문이다.
사랑은, 맥박이다!!

진짜 로또

로또는 숫자
45개 중에
6개가 맞으면
당첨이지만

사랑은
4,500만* 명 중에
단
한 사람과 눈이 맞아야
이루어져.

어떤 게 더
소중한 로또인지

우린 가끔
잊고 사는 것 같아...

* 20'통계청 기준으로 우리나라의 인구는 5,178만명 정도로 집계되나 시적 표현으로 사용하였습니다.

사랑은 ing

사랑에 있어서 정지된 순간이란 없다.
심지어, 우리가 서로에게
'끝'이라고 소리치는 그 순간에도
사랑은 진행 중이다.

인연과 연인의 차이

옷깃만 스쳐도 인연이지만
심장까지 끌어안을 수 있어야 연인이다.

손을 맞잡는다는 건

손을 맞잡는다는 것은,
단순히 다음 단계로 나아가기 위한(?) 과정이 아니라
서로의 모든 것을 감싸 안아주겠다는 무언의 약속이다.

그런 사람이야 너는…

세 가지 종류의 사람이 있어.

쉽게 잊혀지는 사람.
잊으려 노력해야 하는 사람.
잊지 않아도 되는 사람.

늘 곁에 있어서,
언제나 내 맘 안에 있어서,
잊지 않아도 되는 사람.

너 요리연구가야?

언제까지 간만 보고 있을 건데?
난 니 간장게장이 아니라고!!

날 쉽게 보셨다면

미안해요.
내 마음은 들이댄다고
아무에게나 열리는 자동문이 아니랍니다.

한 사람을 위한 장미

한 사람을 기다립니다.
수많은 사람들이 날 스쳐 지나가고,
나 또한 수많은 사람들을 스쳐 지나가는
바로 그 순간에 내 곁에 머물러줄
한 사람을 기다립니다.
사랑했던 기억을 추억이라 하고,
그 작은 추억마저 이내 망각해버리는
미심쩍은 사랑이 아닌,
사랑 그 자체의 기억으로 남을
한 사람을 기다립니다.
내가 아니어도 행복할 수 있는
많은 걸 가진 사람보다는
내가 아니면 안되는
그런 한 사람을 기다립니다.
내가 그 사람에게 줄 수 있는 건
오직 장미 한 송이뿐이지만,
그래서 행복합니다.
단 한 사람에게만 줄 수 있는 장미니까요.

잠깐만

날 가지고 놀 거라면
다시 한번만 생각해줄래?

너는 잠깐 장난이겠지만
난 내 모든 걸 걸 수도 있거든.

사랑이 가장 아름다울 때

완전히 사랑에 빠진 단계가 아닌
사랑에 스며들기 직전의 모습이 가장 아름다울 때가 아닐까?

서로에게 무언가를 바라기보다
그냥 그 사람의 미소가 내게 행복이 되는 그 순간.

구속하는 것이 아닌
그냥 그 사람의 시간이 궁금한 그 단계.

습관적으로 말하는 사랑이 아닌
사랑한다고 말하고 싶은걸
꾹꾹 참고 있는 그 시간...

겁도 없이

분명히 꽁꽁 묶어 놓았다고
생각했는데.

다시 심장이
제멋대로 뛰기 시작했어.
나중에 또
얼마나 아프려고.

언제나 이별 앞에선
눈물뿐이면서.

겁도 없이
내 심장이 막 뛰고 있어.

그냥 지금이 좋다

손을 맞잡은 채 거리를 거닐고,
눈을 맞추며 식사를 하고,
시시한 얘기에도 함께 웃을 수 있는,
함께 있는 것만으로 행복한 지금이 좋다.
점점 많은 걸 바라고,
바램대로 안되면 실망하고 상처받고,
다툼의 반복 속에 결국엔 헤어지는,
아픔의 과정을 다시는 겪고 싶지 않다.
가질 수 없지만 이미 마음을 가졌고,
사랑한다고 말할 수 없지만 이미 사랑하고 있는.
언제 끝날지 모르는 불안한 사랑이 아닌
언젠가 시작될 것 같은 기대로 살 수 있는.

그냥 지금 이대로,
지금이 딱 좋다.

분명, 넌 내게 올 테니까

당신이 어딜 보든
누굴 만나고 누굴 생각하든
난 괜찮아.

내가 당신을 보고 있고
언젠간 당신 역시 나를 바라볼
그 날은 분명 올 테니까.

운명이 아니라고 해도
간절히 운명이라 믿어버리면
신조차 헷갈려서 운명을 허락할
그런 멋진 날이 분명 올 테니까.

사랑 파워

한 사람의 힘은 참으로 위대하다.
당장이라도 날아갈 것처럼,
날 이렇게나 행복하게 해주다니.

그런 사람이 생겼습니다

내 마음 한 켠에서 사랑의 불꽃이 튀기 시작합니다.
몇 번의 이별을 거쳐 사랑이란 걸 믿지 않을 때쯤
한번 더 욕심내게 하는 그런 사람이 생겼습니다.
어쩌면, 지금이.
아무런 조건 없이 그 사람의 행복을 바라는 지금이
가장 아름답고 평온한 사랑일 수도 있겠지만
나의 불완전한 모습까지 믿고 기대고 싶은
힘들고 괴로운 날들을 함께 이겨내고 싶은
그 사람의 상처까지 진심으로 안아주고 싶은
그런 사람이 생겼습니다.

Destiny

운명이 뭐 별거냐?
내가 좋아하는 사람이 날 좋아하면
그게 운명인 거지.

바다가 아름다운 건...

바다가 아름다운 것은
햇살이 그를 비춰주기 때문이다.

사람도 그렇다.
사랑받고 있을 때 가장 아름답다.

생각하기 나름

마음을 빼앗겼다.
아니다. 마음을 준거다.

자존심이 상한다.
아니다. 자존심을 버린 거다.

비굴하다.
아니다.
그만한 가치가 있으니까 내가 맞추는 거다.

모든 건 생각하기 나름이다.

아부

별이 떨어진다면
아마 배가 아파서일 거야.
자기보다 빛나는 너 때문에
배가 아파서.

충혈

눈을 깜박이기 싫어.
그사이에 너를 놓칠까 봐.

사랑할 때는

둘이 있을 때가 젤 좋아요.

사랑한다. 널...

그래서 사랑한다.
그런데 사랑한다.
그래도 사랑한다.
그러나 사랑한다.

어떻게 해도
사랑은 사랑이구나.

그냥 사랑하자

누가 더 많이 사랑하고
누가 더 많이 아파하고
정말 사랑한다면,
그런 거 하나도 중요하지 않아.
세상의 뻔한 잣대로 우리 사랑을 재지 말자.
중요한 건 너와 내가 더 이상 혼자가 아니라는 거.
사랑한다면,
우리, 그냥 사랑하자.

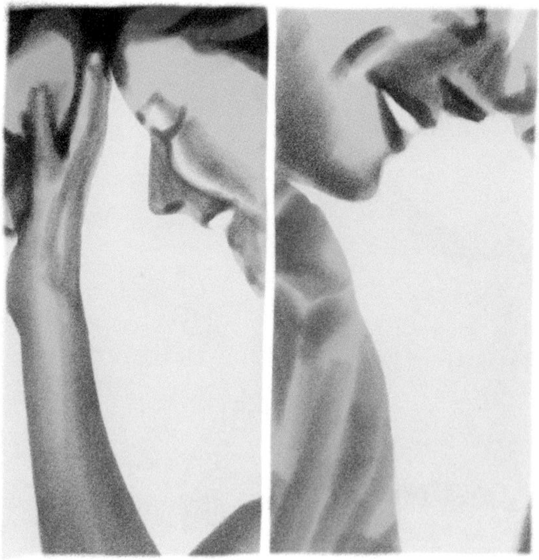

이유 없음

좋았어요.
처음 봤을 때부터
아무것도 몰랐지만,
그냥 당신이 좋았어요…

내가 웃는 이유

난,
원빈처럼 잘생기지도 않았고
손흥민처럼 운동을 잘하는 것도 아니고,
신동엽처럼 유머가 넘치는 것도 아니고,
빌게이츠처럼 부자도 아니며,
그렇다고 아인슈타인처럼 똑똑한 것도 아니지만...

그래도
너무도 부족하고 모자란 것 투성인 내가
남부럽지 않게 웃을 수 있는 건,
언제나 내게 엄지손가락을 치켜세워 주는,
니가 있기 때문이란 거.

이거 하나만 알아줬음 좋겠어.

아무 이유 없어.

무슨 이유가 있겠어?
그냥 너니까 좋은 거지.
웃겨서 웃는 게 아니라, 니가 웃으면 나도 웃게 되고,
니가 우울해하면 그냥 나도 우울해.
즐거워서 같이 있는 게 아니라,
너랑 같이 있으면 즐거운 일이 생겨.
나 무슨 이유가 있어서 행복한 게 아니라,
우리 이렇게 함께 있다는 게 너무 감사하고 행복할 뿐이야.

니가 위너

나를 지배하는 무의식.
무의식을 지배하는 너.

너처럼

가만히 보고만 있어도
기분이 좋아진다.

너처럼…

사랑은 입술이다

그러니까…
하트같은 입술로 막말하지 말고
좋은 말 이쁜 말만 하기로 해!!

사랑, 참...어렵다...

날 좋아하는 사람도 있고,
날 싫어하는 사람도 있고,

내가 좋아하는 사람이 날 싫어할 수도 있고,
내가 싫어하는 사람이 날 좋아할 수도 있고,

그럼,
내가 좋아하는 사람이 날 좋아할 수도 있는 거잖아...

사랑의 시작

아주 특별한 날,
아주 특별한 곳에서,
아주 특별한 사람과의
아주 특별한 eye contact.

“세상에서 가장 아름다운 사랑이 짝사랑이라고 생각해요.
조건이 붙지 않거든요. 그런데 서로 사랑할 때는 언젠가부터
감정에 마진을 남기기 시작해요. 내가 사랑한 만큼 사랑받지
못하는 느낌이 들면 손해보는 느낌이고... 그때부터 갈등이
시작되는 거죠.”

chapter 2

이별

"우리의 연애는 달콤하지도 아름답지도
이벤트로도 가득 차 있지 않았어요.
아무것도 특별할 것 없는 그저 보통 연애였죠.
하지만 우리는 둘 다 진심이었어요.
진짜 사랑을 했고
아마 그건 내 인생에서 다시는 일어날 수 없는
'가장 영화 같은 일' 일 거에요."

_ 영화 〈연애의 온도〉

다른 생각

누군가를 완전히 사랑한다는 건,
나를 잃어가는 거야.

아니...
누군가를 완전히 사랑한다는 건,
내가 한 명 더 생기는 거야.

초성의 극과 극

사랑해.
시러해.
사랑해가 시러해가 될 수도 있다는 게,
사랑의 치명적 오류...

사랑을 끝내고

후회하지도,
원망하지도 않아.

난, 단지
우리가 좀 더 사랑했으면 어땠을까,
조금 아쉬울 뿐이야.

어려운 마음

사랑할 땐 늘 쉬워요.
이별하고 나서가 어렵죠...

서툰 이별

사랑...
해볼 만큼 해봤는데.

이별 앞에서는 늘 서투르다....

바뀐 입장

사랑할땐 "너 아니면 안돼..."
헤어질땐 "너만 빼고 다 괜찮아..."

그건 사랑이 아니었음을…

좋아서 시작했다가
싫어져서 끝내는
그런 건 사랑이라 말하는 게 아냐.
사랑에는 책임이 따르는 거야.

헤어지는 이유

니가 나의 여자라는 것이
언제나 자랑스러웠지만
너에게 사랑받고 있다고 느낀 적은
단 한번도 없었어…
알아?
내가 널 떠나는 건
널 사랑하지 않아서가 아니라,
너에게 사랑받지 못해서란걸…

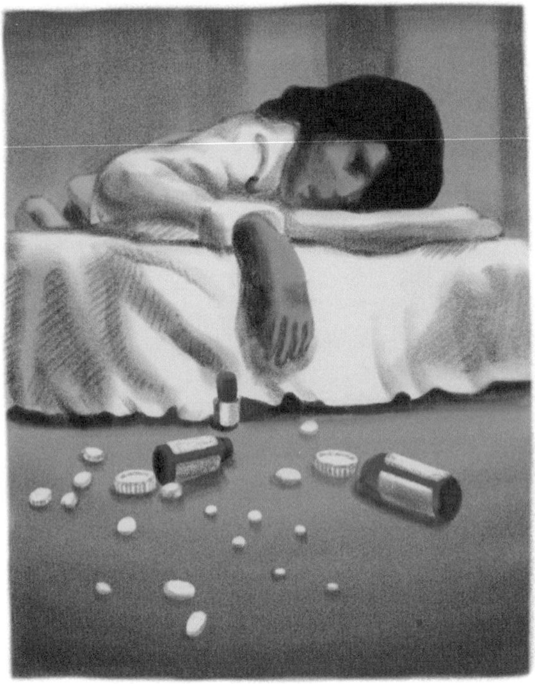

널 만나기 전까지는

누군가를 잊는다는 거
내겐 분명 쉬운 일이었어.

적어도 널 만나기 전까지는…

그런 길이 있다

익숙한 길인데... 낯설어야 할 때가 있다...
멈추고 싶은 길인데...그냥 달려야 할때가 있다...

거짓말

널 영원히 사랑하겠다는 내 약속도
내 마음이 변하기 전까지만...

무책임

온 세상을 다 줄 것처럼 사랑해놓고
이 세상에서 다시는 안 볼 것처럼 이별하는.

어디서 본 듯한 이별

"나 원래 그래. 몰랐어?"

"좀 변하면 안돼? 바꿀 수도 있는 거잖아?"

"그럼 그런 사람 만나."

이별의 이유

너무 많이 달라서.
사랑하고 싶은 내 맘과
헤어지고 싶은 그대 맘이.
이젠 어찌할 수가 없어서.

당연하잖아

어렸을 때,
작은 풍선 하나 놓쳤을 때도 울었는데
니가 날 떠난 지금
내가 우는 건 너무도 당연하잖아.

너는 내게 하늘이었어

그곳엔 아무것도 없었는데,
왜 난 니가 가리고 있던 작은 풍경에 집착했던 걸까?
잠깐 한눈을 파는 사이
나의 하늘은 사라져 버렸다.

미안

사랑해서 미안할 순 있지만,
미안해서 사랑할 순 없는 거잖아…

떠나는 사람에게

그래…뒤돌아보지마.
너의 작은 미련에
난 모든 걸 걸 수도 있으니까.
돌아올 거 아니라면,
그냥 앞만 보고 가…

사랑의 균형

헤어지고 나면
덜 사랑한 사람이 더 아플 때가 있다.

내내 불균형이었던 사랑이
이별하고 나서야 균형을 맞추었다.

사랑은 냉장고가 아님

사랑은 말야.
니가 시도 때도 없이 열었다 닫았다 하는
냉장고 문이 아냐.

한번 닫히면...
다시 열기 힘들지...

사람이 문제

사랑은 변하지 않아,
사람이 변하는 거지....

사랑은 유리몸

제아무리 거창한 사랑이어도...
천 마디의 달콤한 말을 주고 받아도...

상처 주는 말 한마디면 끝나고 만다.

이별 후

내겐 그녀가 없고...
그녀의 맘 속엔 내가 없다...

결국
난 모든 걸 잃었다...

인연이라는 것

잠시
머물다가 떠나가거나...

오래
머물다가 떠나가거나...

더 아픈 사랑

이뤄질 수 없는 사랑보다.

돌이킬 수 없는 사랑이 더 아프다...

사랑에서 이별까지...

사랑하기 전엔 치밀하게 계산하지만...
막상 사랑이 시작되면 무모하게 돌진하고...
헤어질땐 치밀한 계산과 무모한 돌진이 무색하리만치,
허무하게 끝이 난다...

사랑이 두려운가요?

이 바보야...
뜨겁게 사랑해 본 적도 없으면서,
차갑게 식을까 봐 걱정부터 하니?...

사랑은 파도가 아님.

파도는 저만치 갔다가도
이내 돌아오지만....

사랑은 한번 떠나면,
어지간해서는 다시 돌아오지 않는다....

그 남자, 그 여자

그 남자는 여전히 사랑이라 말하고,
그 여자는 이제는 모험이라 말한다.

두 사람의 사랑은 다시 시작되지 않았다.

좋은 것 하나

요즘 좋은 건
딱
하나야.

시간이 흐르고 있다는 것.
시간이 흐르면,
다 잊혀지니까.

헤어진 who? 愛

참 편하다.
밤늦게 너 집까지 바래다주지 않아도 되고,
언제든 약속 생기면 친구 만나러 갈 수 있고,
전화 안 받는다고 삐지는 사람 없고,
아무 때고 클럽 가도 뭐라 그러는 사람 없고,
기념일마다 선물 안 챙겨도 되고,
열 번 잘해주고도 한번 실수로 죄인 취급 당하는 일 없고,
잘못한 게 없는데도 미안하다고 말해야 하는 일도 없다.
그래, 솔직히 참 편했다. 한 달 정도는.
그런데, 요즘 난
친구들이랑 마시는 소주 한잔에도,
무작정 뛰는 러닝머신 위에서도,
늦은 밤 집에 돌아오는 차 안에서도,
시시껄렁한 농담의 웃음 속에서도,
스쳐 지나는 짧은 인연의 순간에도,
난 너를 생각한다.
미치도록 보고 싶고 언제라도 다시 시작하고 싶지만
한번 깨진 유리는 다시 붙일 수 없다는 걸 알기에.
헤어진 후에 내 사랑은
사랑도 아닌, 이별도 아닌
그냥 잊지 못함의 사랑으로 널 지켜보는 것뿐이다.

너의 친구가 된다는 것

나와 너의 일상이 같았었는데
24시간의 하루를 공유하며 보냈었는데
언제든 보고 싶으면 보고
목소리 듣고 싶으면 아무 때고 전화하고
그냥 둘이서 행복했었는데
참 이상하다. 언제부터 멀어진 건지.
서로 바빠 잠시 못 보는 거라 생각했었는데
어느새 난 너의 친구가 되어 있구나.

몇 번이나 망설이다가 전화를 걸고
서로 시간이 맞아야 겨우 얼굴 한번 보는구나.
오랜만에 만나서는 포옹 대신 어색한 인사.
"오랜만이다. 잘 지냈어?..."
식사를 하면서는 우리의 얘기 대신 각자 사는 얘기들.
중간중간 걸려오는 전화에 자리를 피해 통화하는 널 보며
난 또 한 번 우리의 거리를 실감해야 했어.
식사를 마치고 나선 "우리 또 뭐 할까?"가 아닌
"이제 넌 어디로 가?"
넌 남자친구 있는 곳으로 갈 테고 난 집으로 가겠지.
헤어지면서는 키스 대신 악수를
사랑한단 말 대신 잘 지내라는 말로
다시 각자의 길을 가는구나.
사랑했던 너의 친구로 남는다는 것.
그래, 이것도 나쁘진 않은데
난 언제나 너의 편의점이 되어 줄 수 있는데.
가끔은, 내가 손님이 되어 널 찾아가고 싶다.
날 위해 밤늦게까지 열어놓았던 네 마음의 편의점으로.

남자들에게 말합니다

그녀를 보면 먼저 웃어주세요.
그녀에게 무슨 일이 있었든 잠시나마 위안이 될 거에요.
자주 전화해 주세요.
여자는 자주 외로워하거든요.
잠깐 통화 하는 것만으로도
사랑받고 있다는 걸 느낄 거에요.
애정표현도 자주 해주세요.
당신을 특별한 사람으로 생각하게 되는 계기가 될 거에요.
작은 거라고 무심히 지나치지 마세요.
명품가방, 화려한 반지도 여자의 마음을 흔들지만
밥 먹을 때 수저 챙겨주는 일,
길을 걸을 때 차편 반대편으로 그녀를 지켜 주는 일,
보폭을 맞춰 걸어주는 사소한 것들에도
여자는 감동을 받거든요.

그녀 앞에서 누구에게나 친절하게 대하지 마세요.
당신은 물론 아니라고 하겠지만 자칫하면,
그녀를 향한 당신의 사랑이 싸구려로 보일 수 있거든요.
어떤 이유에서라도 그녀의 질투심을 자극하진 마세요.
여자의 질투는 결코 복을 부르지 않으니까요.
사랑을 하다 보면 서로 바라는 게 많다 보니
가끔 다투는 일이 생겨요.
그럴 때는 그냥 먼저 화해를 청하세요.
사랑하는 여자 앞에선 버려도 되는 게 남자의 자존심이니까요.
기념일은 웬만하면 꼭 챙겨주세요.
일년에 특별한 날이 많이 있는 거 아니잖아요.
나중에 혹시 다투더라도 여자들은 그때 기억 떠올리면서
풀어지니까. 가끔 예고 없이 그녀의 집 앞에 찾아가세요.
예정돼 있지 않은 시간에 당신 얼굴 본다는 거 자체가
그녀에겐 써프라이즈가 될 테니까요.
친구들 모임에 그녀를 데리고 가세요.
그녀는 당신이 어떤 사람이랑 어울리는지 궁금해하니까요.
그리고 그녀가 소외되지 않게 바로 옆에 앉아 계시고요.
그녀가 우울해하는 날이면 이유를 계속 묻기보다는
그냥 꼬옥 안아주세요.
여자들은 이유 없이 우울한 날이 꽤 많으니까요.

여자들은 가끔 남자의 사랑을 테스트 해보고 싶어해요.
그럴 때는 그녀가 원하는 대답을 해주세요.
당신의 솔직한 답은 십중팔구 틀린 답이니까요.
아무리 바빠도 바쁘다는 핑계는 대지 마세요.
당신을 곁에 두고도 멀다고 느끼는 이유가 될 수 있어요.
여자의 바람은 이럴 때 시작되거든요.
추억은 많을수록 좋아요.
추억이 많을수록 위기를 넘기기 쉽거든요.
설사 헤어졌다 하더라도
추억의 힘으로 다시 만날 수 있으니까.

그리고,
그녀를 사랑하는 동안에는 다른 사람을 맘에 두지 마세요.
그게 사랑하는 사람에 대한 최소한의 예의니까요.
그런데도...
그녀와 헤어져야만 했다면
너무 차갑게 뒤돌아서지 마세요.
변함없이 그녀를 위해 기도하는 당신의 모습이
진짜 값져 보이니까요.

여자들에게 말합니다

너무 많이 튕기지 마세요.
요즘 남자들 끈기가 없어서 튕긴다 싶으면 다른 여자 찾습니다. 계속 튕겼는데도 대쉬한다고 스토커로 몰아붙이지 마세요. 당신을 영원히 사랑할 유일한 남자일지도 모르잖아요.(물론, 그냥 단순 스토커일수도 있어요...)
돈 많은 남자 너무 좋아하지 마세요.
돈 많은 남자, 여자도 많아요.
니가 아깝다는 친구들 얘기 너무 신경 쓰지 마세요.

당신 친구라서 그래요.
사랑하는데 누가 아까운 게 어디 있어요.
사랑이 시작되었다면 어느 정도는 주변을 정리하세요.
남자가 당신에게 올인하게 되는 계기가 될 테니까요.

거짓말 너무 자주 하진 마세요.
알면서도 속아주는 게 남자지만
속으로는 엄청 상처 입어요.
아는 오빠 얘기는 될 수 있으면 삼가는 게 좋아요.
남자의 질투는 여자의 질투보다 사실 더 독해요.
아마 싸울 때마다 그 얘기 걸고 넘어질 거에요.
남자들 지나가는 여자 보고 눈 돌아가는 거 너무 뭐라
하지 마세요. 그저 놀라운 반사신경일 뿐이니까요.
여전히 당신을 소중하게 생각해요.
데이트비용을 전적으로 그에게만 의지하지 마세요.
말은 못해도 그 사람 등골 휘어요.
그렇다고 많은 걸 바라는 게 아니에요.
발렛비나 커피값 정도만 계산해줘도 남자는 감동 먹어요.
자주 칭찬해주세요.
남자는 단순해서 인정받고 있다고 느끼면 더 최선을
다하니까요. 남자의 대인관계에 너무 개입하지 마세요.
그가 사람들한테 소외 받을 수도 있으니까요.
대개 남자들은 같이 있는 자리에서 전화 받느라 자꾸 자리

비우는 사람 싫어하거든요.
사랑은 구속이 아니에요.
물론, 관심 가져주는 건 고맙지만 사사건건 간섭하면서
틈을 안 주면 남자들은 금방 자유를 찾아 떠나고 싶어해요.

구속받는다 느끼면 달아나고 싶은 게 남자 심리거든요.
그가 전화를 안 받을 때면 무언가에 집중하고 있다고
믿어주세요.
괜한 의심이 당신을 위해 열심히 일하는 남자의 기를 꺾어
버릴 수도 있으니까요.(물론 딴짓 거리 하느라 전화 안 받는
남자도 많아요...)
매일매일 "당신은 최고야"라고 말해주세요.
언젠가 당신은 최고의 남자를 가진 여자가 되어 있을거에
요.(물론,구제불능도 있어요...)
남자의 친구들을 같이 만나게 되면 그를 한껏 치켜세워 주
세요. 남자는 괜한 영웅 심리 같은 게 있어서 그런 거 되게
좋아하거든요. 만약, 당신이 사람들 앞에서 그의 단점만을
늘어놓았다가는 아주 오랫동안 삐져 있을거에요.
가끔은 정성스레 도시락을 싸주세요.
어머니의 사랑을 당신에게서 느낄거에요.
(만약 요리를 못한다면 싸지 마세요. 남자들은 솔직하거든
요. 괜히 싸움으로 번질 수 있어요...)
어디 가면 주차구역 정도는 외워두세요.

덜렁거리는 남자들은 이런 거 잘 놓치거든요.
별 노력 없이도 당신을 현모양처라고
생각하게 할 수 있어요.

가끔은 깜짝 선물 해주세요.
여자만 서프라이즈 좋아하는 거 아니에요.
남자가 그런 기억 더 오래 간직해요.
남자가 무언가 때문에 힘들어할 때면
그냥 관심 있게 들어주세요.
해결해달라고 당신한테 얘기하는 거 아니에요.
그저 들어주는 것만으로도 충분히 위안이 될 거에요.
혹시 그가 무슨 잘못을 했더라도
한번쯤은 쿨하게 용서해주세요.
남자는 열 번 잘하고 한번 못해서 그 전에 잘한 열 번까지
다 잊어버리는 여자에게 허무감을 느껴요.
그리고...
정말 헤어질 게 아니라면,
헤어지자는 말은 절대 하지 마세요.
사랑을 확인하려는 여자의 마음은 알지만 그때,
이미 남자의 믿음은 깨져 버리니까요.
계속 만난다 하더라도,
남자는 아마 이별을 준비하고 있을거에요.

소멸

나 그대에게 상처받은 지금이
그대를 가장 많이 사랑하는 순간이다.

이제는 사랑이 소멸되는 일만 남았다.

DELETE

이별할 때도 이' 버튼 있었으면 좋겠다.

다 지워버리게...

잡을 수 없는 것들

세월은 너무 빨리 지나가서 잡을 수 없고
추억은 너무 깊이 있어서 잡을 수 없고
떠나려는 그녀는
너무 단호해서 잡을 수가 없다.

이별

"사랑해"가 "사랑했었어"가 되고
간직하기 위해 만든 추억이 잊어야 하는 추억이 되고.

함께 웃었던 날들만큼 혼자 울어야 하고
사랑하기 위해서 살았는데 이젠 잊기 위해 살아야 한다.

가버린 사랑을 보내지 못하고.
오는 사랑을 맞이하지 못한 채로.

사랑이 변했어

예전엔 세상에서 그 사람 하나만 보였는데
이제는 그 사람 아닌 수많은 사람들이 보여.

예전엔
그 사람 때문에 숨을 쉬었는데
이제는 그 사람 때문에 숨이 막혀.

간단히 말해서
또 내 사랑이 변하고 말았어.

갈 테면 가라

마음만으로는 이룰 수 없는 게
세상에는 너무 많구나.
널 좋아하고 널 아끼지만
믿음만은 주질 못하는구나.
실수로 널 좋아했던 게 아니었는데...
가벼운 마음으로 품은 사랑이 아니었는데...

우린 서로 다른 꿈을 꾼 것 같구나.
그래. 갈 테면 가라.
날 믿지 못하는 사람에겐
나 또한 사랑이 남아있질 않으니.

KISS
LOVE

내가 화가 나는 건

맛있는 거 먹으면 같이 먹고 싶고,
지나가다 예쁜 옷 보면 사주고 싶고,
기념일이 되면 서프라이즈 해주고 싶고,
바람이 불어 추운 날엔 내 옷 벗어주고 싶고,
감기라도 걸려 아픈 날엔 죽이라도 배달해주고 싶고,
힘들어 눈물 보이는 날엔 내가 그 눈물 닦아주고 싶은데...

나 아닌 다른 사람이
내가 해야 할 일을 하고 있다는 게,
그게 화가 나는 거야.
그건 단순한 질투심하고는 다른 거라고!!

어린날의 사랑처럼...

내 어린 날의 사랑은
조금은 서툴렀지만
그 사람 위해 목숨 바칠 용기가 있었고,
조금은 거칠었지만
그 사람밖에 모르는 순수함이 있었고,
조금은 이기적이었지만
그 사람에게 깊은 상처를 주진 않았다...
그런데, 지금은
조금은 익숙해졌지만
그래서 계산하게 되고,
조금은 세련되어졌지만
그래서 이별도 빨리하고,
조금은 더 배려하려고 하지만
내가 상처받지 않을 궁리부터 한다.

나이를 먹는다고
사랑을 더 잘 하는 건 아닌 것 같다...

우리 이젠 서로 다른 길을 가지만

우리 이젠 서로 다른 길을 가지만
한곳에 있었음을 기억하자.
우리의 끝은 이별이었지만.
우리의 시작은 사랑이었음을 기억하자.
이제 다시는 볼 수 없다 해도

널 사랑했던 지난 시간이
앞으로 나 살아가는 이유가 될 테니까.
난, 너를 간직할 테니 넌
날 기억만 해 다오.
사랑하는 사람의 기억 속에서
모르는 사람이 된다는 건
꽤나 불행한 일일 테니...

제가 쓴 글에 달렸던 댓글 중,

"글 안에서 페이소스가 느껴진다"는 말이 좋았어요.

그 댓글을 보며 감사하다는 생각을 했죠.

제 글에 휴머니즘적인 요소가 있으면 좋겠어요.

따분한 휴머니즘이 아니라 재미있는 휴머니즘이라면 좋겠어요.

잊고 있던 소중했던 기억이 떠올라

피식 정도는 할 수 있는 그런...?

chapter 3

그리움

"우리가 고통스러운 건
사랑이 끝나서가 아니라
사랑이 계속되기 때문인 거 같아요.
사랑이 끝난 후에도."

_ 영화 〈시월애〉 중

어느 그리운 날

사랑은 행복한 게 아니라 행복해지고 싶은 마음이래.
이별은 헤어지는 게 아니라 간직하는 거래.
눈물은 흘려보내는 게 아니라 담아두는 거래.
추억은 기억하는 게 아니라 기억할 수밖에 없는 거래.
그리고,
여전히 널 사랑하는 내 마음은 나도 어쩔 수 없는 거래.

사랑하고 싶던 날…
아니, 사실은 사랑받고 싶던 날…

헤어졌다고 해서

365일 항상 아프고 괴로운 건 아냐.
잘 지내다가 어쩌다 한번.

그 어쩌다 한번이 죽을 만큼 힘들어서 그렇지…

꿈

꿈속에 니가 나타나서…

계속 꿈이었으면 했어…

어떻게 해도 난 너...

사랑이 기적이라면
한번만 더...

사랑이 장난이라면
다시는 난...

사랑이 운명이라면
그때의 너...

기억과 추억 차이

기억은 머리가 하는거라서
언젠가 잊혀지기 쉽지만
추억은 가슴이 하는거라서
오랜 시간이 지나도 잊혀지지 않아.
그래서 사람들은 잊기 싫은 소중한 기억을
가슴에 아로새겨 추억하며 살아가지...

생각해보면,
추억할 무언가가 있다는 건
참 다행스러운 일인 것 같아.
추억은,
적어도 누군가와 함께 했었다는 증거니까...

니가 아니라서

니가 아니어도
충분히 행복하지만.

니가 아니라서
완전히 행복하진 못해.

너무 힘드니까

한참을 그리워하다가 깨달은 건,
이제 그만 잊어야겠다는 것.

널 기다리지만

너무 오래 기다리게 하진 마.
니가 가져야 할 내 사랑.
누군가 가로챌까 두려우니까...

어쩔 수 없는 일

잊어야 한다는 걸 잘 아는데.
행여 잊혀질까봐 오늘도 기억한다.

더 어려운일

한 사람을 얻는 일보다 힘든 것은
한 사람을 떠나보내는 일이다...

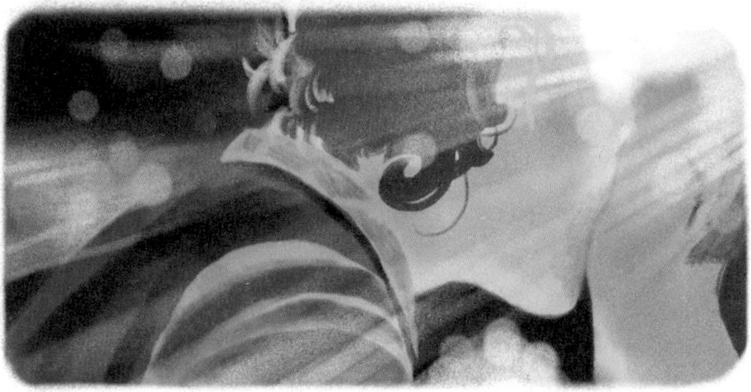

잊은 척 산다

한번 사랑했던 사람인데
어떻게 잊을 수 있겠냐?

그냥.
잊은 척 사는 거지.

순서

누군가 내게 말했다.
지나간 사랑은 새로운 사랑으로 잊는 거라고.

난 대답했다.
지나간 사랑이지만 내게는 여전히 사랑이라고.
지금 사랑이 잊혀져야 다음 사랑을 할 수 있는 거라고.

둘러대기

기억이라 말하기엔 너무 벅차고,
추억이라 말하기엔 너무 그리워서.
그냥
잊었다고 말한다.

잊기는 다 잊었는데

이제 잊기는 다 잊었는데.

늦잠자서 급하게 나오느라 또 아침을 거르진 않았는지.
비 오는 날이면 또 우산 없이 쩔쩔매고 있진 않은지.
웃긴 얘기에 남들이 안 웃어줘 토라져 있진 않은지.
우울한 날이면 누굴 붙잡고 몇 시간 동안 통화하는지.
아직도 뭐 먹다가 옷에 잘 흘리는지.
키 조금 커 보이려고 하이힐 신고 나왔다가
발 아프다고 엄한 사람한테 투정 부리는 건 아닌지.
그 발 주물러주는 사람은 있는지.
툭하면 걸리는 감기에 약은 잘 챙겨 먹는지.
요즘도 내가 준 인형 끌어안고 잠이 드는지.

아직...
나를 사랑하는지...

문득 문득 궁금해요...
잊기는 다 잊은 것 같은데...

복잡다단한 심정이란

문득 니가 생각나는 밤.
함께 했던 그때가 그립고,
있을 때 잘해주지 못한 게 아쉽고,
그렇다고 이내 날 떠나간 너한테 서운하고,
다른 사람 만나 날 잊어가는 니가 원망스럽고,
그 사람과 행복할 니 모습 생각하면 화가 나고,
그치만 외로움 타는 너니까 한편으론 이해가 가고,
이제 그만 잊자니 미련이 남고,
새로운 사랑 찾자니 막연하고,
그냥 이대로 너의 행복을 빌자니 가식적이고,
돌이키자니 방법이 없고,

아예 사랑 따위 모른 체 살자니 삶이 고독하다.

미안해요

사랑해서 미안합니다.
그대 원하지 않는 일인데.
잊지 못해서 미안합니다.
그대 그토록 원했던 일인데.
미안하다는 말 대신,
꼭 하고 싶은 말이 있었는데.
"그냥 걸었어..."
썰렁한 인사에 제대로 대화를 이어가지도 못하고
끊고 말았네요.
뒤늦게
혼자 중얼거려 봅니다.
"사랑해요..."

그 사람과 그 사람

누군가 내게 물었다.
왜 잊지 못하냐고.
난 대답한다.
잊지 못한 게 아니라,
잊혀지지 않았을 뿐이라고.
그 사람 다시 내게 묻는다.
세상에 사람은 많은데 왜 고집하냐고.
난 대답한다.
세상에 사람은 많지만,
그 사람은 하나라고. 그래서 내 사랑도 하나라고.
그 사람 마지막으로 내게 묻는다.
정말 그 사람 아니면 안 되겠냐고.
난 대답한다.
그 사람이어서 사랑한 게 아니라,
사랑하다 보니 그 사람밖에 없는 거라고.
그 사람은 이내 떠나가고,
난 다시 그 사람을 추억하며 과거에 산다.
우리는 이렇게 상처를 주고받으며 사는구나.

잊을 수 없다면 잃고 싶다

도대체 왜 나만 널 기억하는 거냐?
너무 사랑해서, 그만 헤어지자던 너는
금방 다른 사람 만나 행복한데
나는 왜? 도대체 왜?
널 끝없이 추억하고 아파하는 거냐?
너의 행복한 웃음이 내겐

온몸에 독처럼 퍼져 날 괴롭히는구나.
나도 너처럼 다른 사람 만나
너 보란 듯이 행복해하며 떵떵거리고 싶은데
너 아닌 다른 사람,
그저 내겐 타인이구나.
아무리 정 주려 노력해봐도
널 닮지 않았다는 이유로
그냥 스쳐 지나는 인연이구나.
지독하구나. 이 사랑의 질긴 인연.
아프지 않을 만큼만 사랑했었는데
그래서 이별 앞에서도 자신 있었는데
사랑은 그냥 다 같은 사랑이구나.
계산한다고 덜 아픈 게 아니었구나.
널 가질 수 있기를 바랬었는데
이젠 널 잊을 수 있기만을 바라는구나.
이렇듯 난 언제나 널 향한 바램뿐인데
넌 돌아보지도 않는구나.
제발 잊혀져 다오.
이젠 널 잃고 싶다. 제발 나도 좀 살게...

사랑이란 거

사랑이란 거. 그런 거 같아요.
곁에 있을 땐 너무 자연스러워서.
사랑하는 사람한테 사랑받는 거 당연한 거라서.

사랑하고 있는지 잘 모르는 거 같아요.
사랑이란 거. 그런 거 같아요.
곁에 있을 땐 내가 주는 사랑보다
내가 받아야 할 사랑에 더 집착하게 되는 것 같아요.
사랑이란 거. 그런 거 같아요.
곁에 있을 땐 함께 한 많은 추억보다
한번의 서운한 기억이 마음에 오래 남는 것 같아요.
그런데, 정작 헤어지게 되면
당연히 곁에 있어야 할 사람이 내게서 사라지면
안 좋았던 기억들은 거짓말처럼 다 잊혀지고
함께한 좋은 기억들에 대한 그리움만...
내가 못해준 기억들에 대한 아쉬움만...
그 사람 돌아서 가면서도
내가 붙잡아 주길 바랬는지 모르는데.
사랑이란 거. 그런 거 같아요.
곁에 있을 땐 잘 모르는 거 같아요.
얼마나 사랑하는지,
그 사람 없으면 내가 얼마나 아파야 할지...
내가 어리석었던 거죠.

슬프지만 행복한 일

추억이 돼버려서 슬프지만
아직까지 잊혀지지 않아서…
난, 행복해…
니가 아직 내 기억에 남아있어서…

적응하는 중입니다

이젠 아프지 않은 것이 아니라,
아픔에 익숙해져 버린 겁니다.
이젠 웃을 수 있는 추억이 되어서가 아니라,
추억하지 않으면 살아갈 용기가 없어서입니다.
이젠 다른 사람 만날 수 있는 여유가 생긴 것이 아니라,
그것이 그대가 정녕 바라는 것이기 때문입니다.

전하지 못한 편지 I

이젠 제법 술을 마실 줄 알아요.
담배도 좀 늘었죠.
혼자 중얼거리는 버릇과
밤늦게까지 뒤척이는 습관이 생겼어요.
하루가 길어졌죠.

혼자 있는 시간이 많아졌거든요.
새로운 사람을 만나기란 역시 쉽지 않아요.
아직 지워지지 않아서겠죠?
혼자 밥을 먹고, 혼자 거리를 거닐고, 혼자 쇼핑을 하고,
이 모든 것들이 아직 낯설지만,
아무하고나 함께 하고 싶진 않아요.
무심코 마신 술 몇 잔에 난 또 추억하고 마네요.
우리가 함께였던 시간들.
어떤 날은 행복하고 어떤 날은 불행해요.
그게 인생이니까요.
그래서, 불행하다고 느끼는 날에는
항상 그대를 추억해요.
그러면, 다시 행복해지니깐.
비록, 지금은 함께 하지 못하지만,
그 추억만은 돌려주지 않아도 되는거죠?

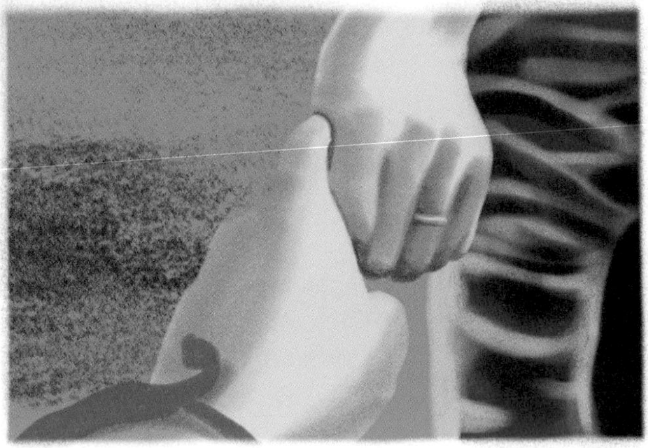

전하지 못한 편지 II

미안해요.
그대 버리고 간 추억. 제가 다시 주워 담아요.
쉽지 않네요.
가졌던 것을 잃어가는 것이.
사랑하고 사랑해도 모자랐을 시간에
우린 왜 그리도 다투고 어긋나야 했을까요?
아니. 내가 부족했죠.

작은 거 하나 이해 못했고 괜한 자존심 내세웠죠.
그대 아팠을 때조차
바쁘다는 핑계로 함께 해주지 못했던 것이
두고두고 후회로 남아요.
미안하고 미안해요.
그대 마음 아프게 해서.
그대 아파한 그만큼. 아니 그것보다 훨씬 더 많이.
이제 내가 아파할께요.
고맙고 고마워요.
나 같은 사람 사랑해줘서.
진짜 사랑이 뭔지 알게 해줘서.
행복하세요. 내가 아닌 누구라도.
난 딱 오늘까지만. 딱 오늘까지만.
그대 그리워할께요.
참 많이 사랑했습니다.

돌아오란 말야

안녕. 오랜만이야.
잘 지내냐는 인사정돈
헤어져도 할 수 있는 거잖아.
어렵게 누른 너의 전화번호.
이젠 없는 번호래.
그래 잘 지내겠지.
너의 행복한 소문이 내게도 들려.
참, 다행이야. 좋은 사람 만나서.
하지만, 난 나쁜 사람이라서.
그 사랑 깨지길 빌어.
너도 눈물짓기를. 행복하지 않기를.
그래서 내게 다시 돌아오기를.
내가 그 눈물 닦아줄 수 있기를.
죽을 때까지 사랑한댔잖아.
헤어지면 죽을 것 같은데 어떡하냐 했잖아.
그렇게 쉽게 잊을 거면 그런 말 왜 했어.
돌아오란 말야.
내가 다 잘못했단 말야.
사랑한단 말야.
너 없인 나 안된단 말야.
이 바보야. 돌아오란 말야.

바보같은 사랑이야기

사랑하는 동안에 주지 못한 사랑이
이별 후에야 내 안에 가득 찼네요.

내가 어떻게 그랬죠?
그 사람 두고 내가 어떻게 여기까지 왔죠?

나 때문에 아파 누웠을 때조차
꼭 잡아줄 내 두 손이면 충분했던 사람이었는데.

그저 한번 더 아껴주고 한번 더 표현해주면
지킬 수 있는 예쁜 사랑이었는데.

더 이상 상처 주기 싫다는 비겁한 핑계로
그 사람 놓아버렸네요.

돌이킬 수 없는 지금에서야
내 진짜 사랑 그 사람이었다는걸 깨닫습니다.

아직

알아.
나에게 과분한 사람이란 거.

그렇게 조건 좋은 사람이
나 좋아 해주는 것만으로도

감사하고
또 감사 해야 할 일이란 것도.

나 따위가 그런 사람에게
상처 주면 안 된다는 것도 다 알아.

그치만, 사랑이란 건
그런 조건 머리가 따지기 전에,

마음이 먼저 움직여야 할 수 있는 거잖아.
아직 비워지지 가 않았는데

어떻게 다른 사람을 채워 넣니?

혼자서는 할 수 없는 것들

담배가 있어야 불을 붙이지.
망치가 있어야 못을 박지.
실이 있어야 바느질을 하지.
니가 있어야 사랑을 하지.

신발도 한쪽만 있으면 아무 의미 없잖아.

후회

그대 마음에도 유통기한이 있다는 걸,
그때는 몰랐으니까.

너에게 가는 길

다시 돌아가고 싶은 길이 있는가 하면.
다시는 돌아가고 싶지 않은 길도 있지.

만약...
널 만날 수 있는 길로 돌아갈 수 있다면,
다시는 그 어떤 길로도 돌아가지 않을 거야.

선택

"넌 착한 여자가 좋아? 나쁜 여자가 좋아?"

"당연히 착한 여자!!"

"그럼, 이제 그만 잊어. 세상에 좋은 여잔 많아."

"근데…
나쁜 여자가 그 사람이라면,
나 그냥 나쁜 여자 좋아할래…"

다 참을 거면

화가 나도 참고,
울고 싶어도 참고,
보고 싶어도 참고,
그리워도 참고,
어차피 다 참을 거면...
감정이란 건 왜 있는거죠?

중독

처음엔 호기심에 피웠다가,
그 다음엔 맛있어서 피우고,
마지막엔 끊지 못해 피운다.

처음엔 설레임에 만났다가,
그 다음엔 좋아져서 만나고,
마지막엔 잊지 못해 사랑한다.

널 기다리는 건

컴퓨터 로그인하는 30초.
엘리베이터가 내려오길 기다리는 1분.
컵라면이 익는 3분.
화장실 차례를 기다리는 5분.
식당에서 음식이 나오길 기다리는 10분.
차 막혀서 정체되는 30분.

이 모든 시간들은
견딜 수 없이 지루하지만
널 기다리는 건,
얼마가 걸린다 해도
난 아무렇지 않아.
다시 사랑이 시작될 수만 있다면.

그 사람은, 그 사람을

자주 못 본다고 불평하기 전에
집 앞으로 불쑥 찾아와 날 기다리던 사람.
같이 영화 보러 가면
늘 주차권을 챙기고 주차구역을 외워뒀던 사람.
내 친구들을 만나도
어색해하지 않고 밝은 미소로 분위기를 띄었던 사람...
내게 바라는 게 있어도
단 한번도 내색 안 했던 사람.
너무 많이 사랑할까 봐
사랑하는 게 두렵다 했던 사람.
이별이 두려워
가지지 않고 바라만 보겠다 말했던 사람.
고마운게 너무 많은데도...
미안한게 너무 많은데도...
끝내 내 맘 다 안다며 말하지 못하게 했던 사람.

그 사람을...나는...
영원히 잊지 않을겁니다...

"두려움이 많았던 것 같아요. 항상 내 마음이 우선이었기에
상처 받을까봐...버림 받을까봐...
사랑할 때조차 올인하지 못했죠...
사람관계라는 것 자체가 마음이 다치는 걸 받아들이는 일인데...
그리고, 가장 중요한 걸 몰랐어요.
세상에는 잊을 수 있는 사랑만 있는 게 아니라,
잊을 수 없는 사랑도 있다는 걸..."

chapter 4

그리고
깨달은 것들

"일찍 책장을 덮지 마라.
삶의 다음 페이지에서
또 다른 멋진 나를 발견할테니."

_ 시드니 셸던

아름다운 것엔 이유가 있다

만남이 아름다운 건
서로를 배려하기 때문이고,
사랑이 아름다운 건
자기를 희생하기 때문이고,
눈물이 아름다운 건
다른 사람을 위해 흘리기 때문이고,
결혼이 아름다운 건
영원할 거라는 믿음 때문이고,
성공이 아름다운 건
수많은 실패를 딛고 일어섰기 때문이고,
추억이 아름다운 건
누군가 기억해주기 때문이고,
상처가 아름다운 건
그럼에도 불구하고 웃고 있기 때문이고,
이별이 아름다운 건
여전히 사랑하기 때문이고,
미래가 아름다운 건
현재에 최선을 다하고 있기 때문이며,
죽음이 아름다운 건
누군가 애도해주기 때문이다.

믿음은 소나무처럼

기억은 잊혀질 수 있지만
그리움은 간직된다.

오해하면 차갑게 돌아서야 하지만
이해하면 뜨겁게 안아줄 수 있다.

설렘은 봄바람처럼 잠시 머물다 떠나가지만
믿음은 한그루 소나무처럼 언제나 서로를 지켜 준다.

냉정한 거울

아닌 척 해보고,
모르는 척 해봐도,
거울은 알고 있지.

너 한 살 더 먹은걸...

소소하게 행복해지는 법

잘 나갈 땐 맛있는 밥을 먹고,
못 나갈 땐 맛있게 밥을 먹으면 돼.

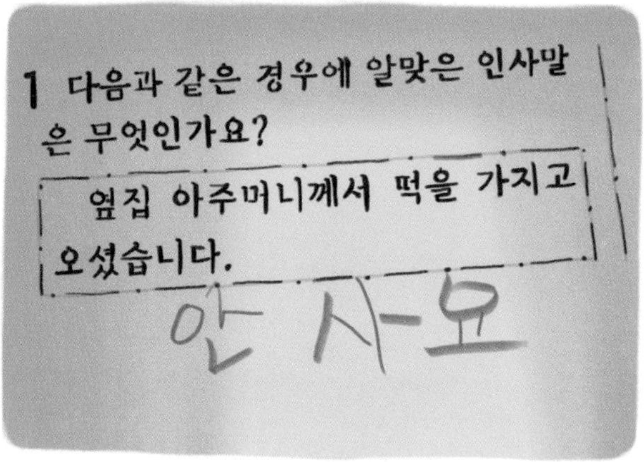

그때가 좋았어

연필로 쓰던 때가 좋았어.
잘못 쓰면 지우개로 지울 수 있었으니까.

펜을 쓰는 나이가 되고부터는
틀리는 게 무서워 쓰는 것조차
주저하게 되고 말았어.

한마디로,
어릴 때가 좋았어.

척

어렸을 땐
그냥 척하는 사람들이 싫었어.
아는 척, 잘난 척, 가진 척하는 게 싫었어.
그래서 있는 그대로의 나를 보여주려고 했어.
근데 살다 보니까 척해야 할 때가 있더라.

괜찮은 척,
아무렇지 않은 척,
다 이겨낼 수 있는 척,
그렇지 않으면 힘든 척한다고 뭐라고 하더라.

사람들은 남의 어둠을 좋아하지 않는다는 걸.
밝은 빛으로 자신 또한 밝혀주길 원한다는 걸 알게 되었어.

모든 것이 한때

죽을 때까지 단 한번의 사랑으로
남을 것만 같던 어린 날의 첫사랑도,

의리에 살고 의리에 죽자던
허름한 포장마차 소주 한잔의 맹세도,

너 하나만 사랑할께 약속했던 사람과
헤어지고 흘렸었던 순도 높은 눈물도,

하루라도 하지 않으면
잠을 이룰 수 없었던 애니팡도,

지나고 보면 결국 모든 것이 한때.

Choice

선택할 수 있다는 건
기본적으로 좋은 거야.
모든 걸 변화 시킬 수 있거든.

아니.

선택할 수 있다는 건
기본적으로 위험한 거야.
영원히 돌이킬 수 없을 수도 있거든.

st+art

시작이야말로
가장 신선한 예술.

LIVE

살아있다는 건
죽어 있지 않다는 게 아니라
생생하게 깨어 있다는 것.

자아 성찰

딱히 슬럼프 없이 살아온 인생인 줄 알았는데,
곰곰이 생각해보니
딱히 전성기 없이 살아온 인생이었어.

향기 나는 사람

세상의 모든 크고 작은 상처들은 아문 듯해 보여도
반드시 어디엔가 상처를 지나온 흔적을 남기기 마련이다.
상처가 없는 사람은 없다.
이겨내고 감추는 방식이 모두 다를 뿐.
한 가지 분명한 건
지혜롭게 상처의 바다를 건너온 사람에게선
경건한 향기가 난다는 것.
나도 향기 나는 사람이 되고 싶다.
인위적인 불가리향 말고.

외로움과 고독의 차이

외로움과 고독은 다른 거야.

외로움은 타협하지만
고독은 타협하지 않거든.

똑같은 사람인데

놀고 싶을 때 생각나는 사람이 있고
힘들 때 생각나는 사람이 있다.

그냥 술 마시려고 만나는 사람이 있고
내 속 얘기를 털어놓고 싶은 사람이 있다.

자주 만나도 울림이 없는 사람이 있고
일년에 한번을 만나도 내사람 같은 사람이 있다.

언제 그랬냐는 듯 잊혀지는 사람이 있고
기억하려 하지 않아도 항상 생각나는 사람이 있다.

사람과 사람 사이

거짓으로 대하려 하면 진실처럼 다가오고
진실로 대하려 하면 거짓처럼 멀어지는.
사람과 사람 사이...
인연이란 너무 어려운 것...

환상적 스틸

얼마든지 드세요!!!
매일매일 똑같은 일상보다는
이런 엉뚱하지만 멋진 일이 가끔 일어나 준다면.
삶이 얼마나 재미있을까?

탐정 놀이 I

"범인을 찾고 있나? 내가 알려주지.
모두에게 착한 그 여자가 바로 범인이야."

탐정 놀이 II

"그 여자가 범인인 걸 당신이 어떻게 알죠?"
"나도 당했네…"

아이러니

단 한번도,
날 이해하려고 노력하지 않았던 사람들이
나를 마음껏 오해한다.

Lonely...

외 로 운 날 은. . .
그냥외로운대로내버려둔다...

그 래 야,
외로움이어깃장을부리지않는다...

너무 아플까 봐

너무너무 힘든 날에는
나 자신조차 나를 모른 척한다.
마치 남의 아픔인 것처럼 딴청을 부린다.
그렇지 않으면
정말 진심으로 아파야 하니까.
감당하지 못할까 봐
스스로를 외면해버린다.

사랑하기로

사랑.
때로는 진한 에스프레소처럼 쓰디쓰지만
때로는 카푸치노처럼 로맨틱하고
때로는 라떼처럼 달달하기에
오늘도 그냥 난 사랑하기로 한다.

사랑.
때로는 아이스아메리카노처럼 차갑고 시크하지만
때로는 초콜릿 모카처럼 달콤하고
때로는 청포도 쥬스처럼 상큼하기에
오늘도 그냥 난 사랑하기로 한다.

사랑.
때로는 독약을 먹는 것처럼 두려운 일이지만
사랑 않고 살아가는 건
독약 없이 죽는 것 같은 느낌이 들어
오늘도 그냥 난 사랑하기로 한다.

연애의 본질

"이름이 뭐에요?"로
시작했다가
이름을 지우면서 끝나는 것.

처음처럼

꿈을 꿀 거라면,
죽어도 포기하지 않는다 했던 그때처럼.
사랑을 할 거라면,
세상을 다 준대도 안 바꾼다 했던 그때처럼.

모순

사랑을 믿지는 않는데…
사랑을 해보고 싶긴 하다…

추억이 오래가는 이유

추억이 기억보다 오래가는 이유는
누군가와 함께했기 때문이다.

새벽 허세

흐르는 강물을 운명이라 하지 마라.
흘러 흘러 잠시 내 언저리에 머문 것일 뿐.

밤하늘의 별을 인연이라 하지 마라.
누구에게나 떠 있는 빛인 것을.

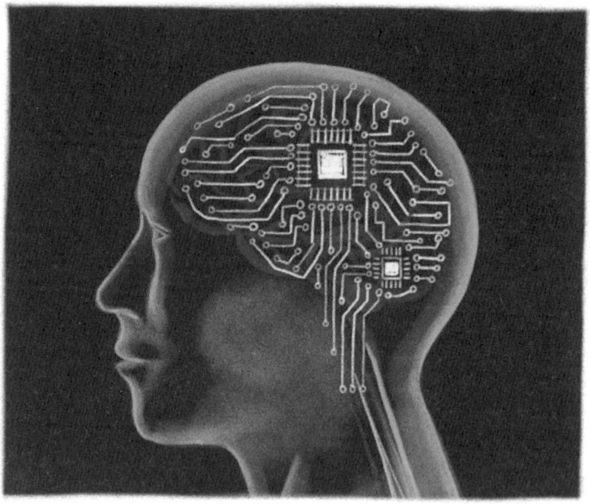

머리는 똑똑하다

좋아하면 안 되는 사람을
좋아하게 되는 경우가 있다.
뻔히 내가 상처받고 끝날 사랑이라는걸
알면서도 마음을 내어주는 경우가 있다.
머리로는 다 안다. 머리는 똑똑하다.
다만 가슴이 모를 뿐.

때로는 머리가 무식한 것보다
가슴이 무식한 것이 훨씬 비극적이다.

망각하면 안 되는 것

사랑을 하는 동안 자꾸만 잊게 되는 것이 있다.

그것은 바로...

사랑하고 있다는 것이다.

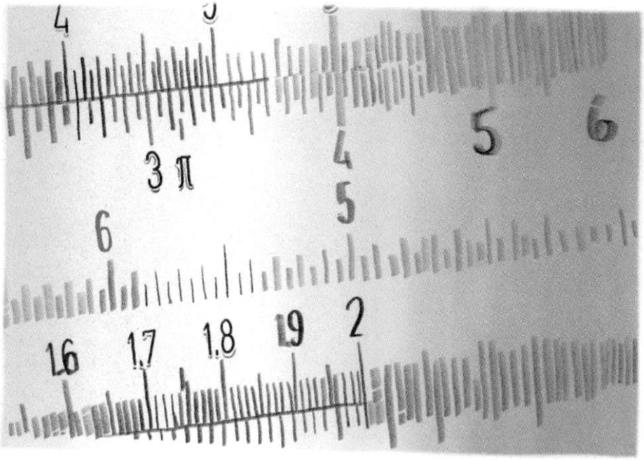

최악의 실수

우리가 연애를 하면서
종종 저지르는 치명적 실수는
더 좋은 사람을 만나기 위해
최고일지도 모르는 사람과 헤어지는 것이다.

사랑은 게임이다

초급자에겐,
사랑받기를 기다리다 끝나는 게임이고
중급자에겐,
사랑을 줄 타이밍을 기다리다 끝나는 게임이고
상급자에겐,
사랑에 익숙해져 방심하다 끝나는 게임이고
초고수에겐,
끝끝내 서로를 지켜내는 게임이다.

먹이 사슬

처음엔,
착한 남자는 나쁜 여자가 나쁜지 모른다.
착한 여자는 나쁜 남자가 나빠도 좋단다.

그러다 결국엔,
착한 여자는 나쁜 남자에게 상처받는다.
나쁜 남자는 나쁜 여자에게 상처받는다.
나쁜 여자는 더 나쁜 남자에게 상처받는다.

그럼...
착한 남자와 착한 여자가 만나면?
둘 중 하나는 반드시 나쁜 사람이 된다.

남사 VS 여자

여자가 안 된다는 말은
니가 노력하면 될 수도 있다는 말이야.

남자가 안 된다는 말은
정말 안 된다는 말이야.

여자가 생각할 시간을 갖자는 말은
한번 더 자기를 생각해 달라는 말이야.

남자가 생각할 시간을 갖자는 말은
이제 더 이상 생각하기 싫다는 말이야.

여자가 외롭다는 말은
누군가가 그립다는 말이야.

남자가 외롭다는 말은
오늘 밤 외롭다는 말이야.

여자가 옷을 벗는 건
그만큼 널 믿는다는 말이야.

남자가 옷을 벗는 건
그만큼 너랑 자고 싶다는 말이야.

같이 걷자

오늘은 그냥 같이 걷자.

돈이 없으니까.

영원한 것은 없다

불타오르는 사랑은 꺼지게 되어있고,
죽을 것 같은 이별을 했다고 해도 죽지는 않아.
미칠 것 같이 힘들다고 해도 결코 미치지는 않고,
견딜 수 없는 오늘이라 해도 어떻게든 내일은 와.

영원한 것은 없으니까,
조금만 참자.
모든 건,
언젠가는 끝나게 되어있어.

사람과 사람 사이

옷을 살 때
이 옷도 괜찮고 저 옷도 괜찮고 해서
이 옷도 사고 저 옷도 사고 했는데
막상 그렇게 산 옷은 잘 안 입게 돼.
단벌 신사처럼 두고두고 입는 옷은
그 옷 말고 다른 옷은 눈에 들어오지 않을 정도로
마음에 들어서 산 옷이야.

사랑할 때도 마찬가지야.
이 사람도 괜찮고 저 사람도 괜찮다면
사실 둘 중 누구도 너의 인연은 아닌 거야.

진짜 인연이라면
그 사람 말고는
눈에 들어오지 않게 되어있으니까.

Be careful!

사랑은 한 편의 미술 작품과 같다.
완성에 가까워질수록
디테일한 실수를 조심해야 한다.

바람둥이라서 가질 수 없는 것

바람둥이라서,
수많은 여자의 몸을 가질 순 있지만...
바람둥이라서,
어느 한 사람의 진실한 마음도 가지지 못한다...

바람둥이에게 여자가 없다는 건

옷을 사고 또 사도,
다음날 입을 옷이 없어 고민하는 것과 같은 것이다.

Sentimental day

서운한 감정이란 건
기본적으로 가깝다고 생각되는 사이에서
발생 되는 것인데
나이가 들수록 가깝지도 않은 사람들에게
서운한 감정이 생기고 괜한 상처를 받는다.
인생은,
모두가 내 맘 같지 않다는 걸 인정하면서도
내 맘 같은 몇 사람을 찾아 떠나는 여정인 것 같다.

그 사람… 〈하나〉

“말할 땐 무뚝뚝하고
화낼 땐 무섭고
웃고 있을때도 뭔가 슬퍼보여…”

“그러니까 그게 누군데? 범죄자야?”

“아니…
내가 좋아하는 사람…”

그 사람... 〈둘〉

"그 사람 어떤 사람인데?"

"그 사람? 음... 꿈같은 사람?"

"꿈같은 사람이 뭔데?

"그냥...생각하면 설레이잖아.
이뤄지든...이뤄지지 않든..."

FASHION
FASHION

그 사람... 〈셋〉

"그렇게 좋으면 대쉬하면 되잖아"

"그 사람은 쇼윈도에 걸린 옷같아..."

"그건 또 무슨 소리야?"

"너무 맘에 드는데
지금의 나한테는 안 어울릴 것 같고
너무 비쌀 것 같아
가격을 물어보기도 미안해서
언젠가 살 빼고 돈 벌어서 꼭 사야지 하고
그냥 돌아서게 되는, 왜 그런 옷 있잖아..."

짝사랑이란

손바닥도 마주봐야 소리가 난다지만
혼자서라도 박수치고 싶은 마음

말 많은 사람들에게...

남의뒷말하기좋아하는이들이여...
당신의앞가림이나잘하시오...

맘대로 기대지 말 것

만약 누군가한테 실망했다면...
지나치게 많은 것을 기대한 당신 책임도 있다.

실망

최근에 알게 된 사람은 웬만해서는,
날 실망 시키는 법이 없다.
언제나 우릴 실망 시키는 건,

오래된 벗이다...

레벨차이

아마추어는 "열심히 하겠다"고 말하지만,
프로는 "잘해 내겠다"고 말한다.

아마추어는 "최선을 다하겠다"고 말하지만,
프로는 "최고가 되겠다"고 말한다.

아마추어는 흘러간 시간을 탓하지만,
프로는 다가올 시간을 준비한다.

아마추어는 사방의 어둠을 보지만,
프로는 한 줄기 빛을 본다.

아마추어는 "다음번엔 더 잘하겠다"고 말하지만,
프로는 다음을 기약하지 않는다.
이미 최고를 보여줬기 때문에.

Time

시간이 없어서 못 한 일은,

어쩌면...
시간이 많았어도 결국 하지 않았을 일이다...

허무주의

깨어나기 위한 수면.
배설을 위한 섭취.
벗기 위해 입는 옷.
헤어짐을 위한 만남.
깨지기 위한 약속.
잊혀지기 위한 기억.
이별을 위한 사랑.
멈춤을 위한 행진.
포기를 위한 꿈.
죽음을 위한 삶.

기도 천사

내가 너무 힘이 들 때
세상과 맞설 자신이 없을 때
자꾸만 꿈이 무너져 의기소침해 있을 때
날 위해 기도해주는 천사가 있다면
참 좋겠다….

Warning

가볍게 간 보길 원한다면
그냥 라면 끓여 먹어.
난 시간이 좀 지나야 맛이 우러나는
곰탕 스타일이거든.

기적

사랑은
언제나 뜨는 해가 아니다.

사랑은
아무 때나 부는 바람이 아니다.

사랑은
한여름에 내리는 눈과 같은 것이다.

광고, 시발

Skip

인생은 짧은데,

15초 광고는 왜 이렇게 긴 걸까?

세상 느림보

아무리 빨리 달려도
언제나 늦는 녀석.

후회.

보편적 진리

너무 늦게 알아 버린 걸까?
하기 싫은 걸 하지 않으면
좋아하는 것도 할 수 없게 된다는 것을.

머니

사랑하는 데는 돈이 필요 없다.
다만,
사랑받기 위해 돈이 필요할 뿐.

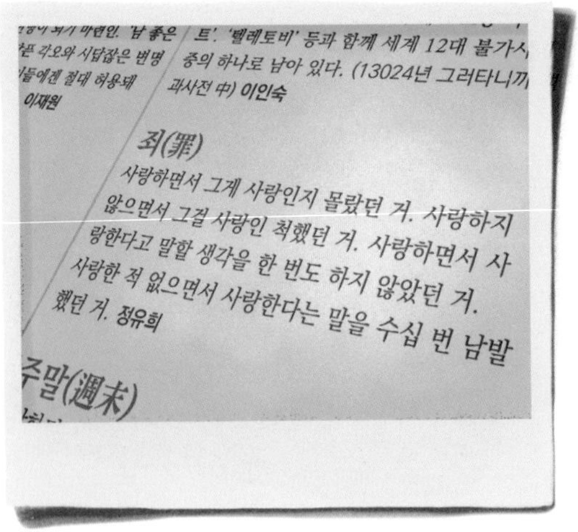

죗값

그땐 왜 몰랐던 걸까?
사랑한다고 말하면서도 왜 그게 사랑인 줄 몰랐던 걸까?
그땐 왜 몰랐던 걸까?
그건 사랑이 아니라 단지 호감이었다는 걸.

난 사랑한다고 말하면서도 책임지지 못했고,
때때로 사랑이 아닌 것을 사랑이라 말했으며,
너무나 사랑하면서도 그 사랑을 자꾸만 미뤘다.
지금 난 그 죗값을 치르고 있는 것 같다.

내가 원하는 사랑

다음에는
화려하지 않고 멋지지 않아도 좋으니까

다만,
잊지 않아도 되는 그런 사랑 하고 싶어요.

사랑이 이루어지는 사진

간직하고 있으면,
사랑이 정말 이루어질 거라고
믿었던 때가 있었다.
내게도 그런 때가 있었다...

사랑과 담배의 공통점

담배에 일단 불을 붙이면
피든, 안 피든
담배는 서서히 타들어간다.

사랑도 마찬가지다.
일단 마음에 불이 지펴지면
상대방이 내 마음을 받아주든 안 받아주든
일방적으로 진행된다.

때로는,
속이 시커멓게 타
다시는 다른 사랑 할 수 없을 만큼
외롭지만 격렬하게...

한때 가까웠던 사이

모든 걸 다 주어도 아깝지 않았던 사람...
줄 게 별로 없어 늘 미안했던 사람...
일분, 일초도 곁에 없으면 그리웠던 사람...
이별조차 끌어 안으며 해야 했던 사람...

그렇게나 소중했던 사람도
끝나고 나면...
시간 지나고 나면...
그냥, 한때 가까웠던 사이...

에필로그

epilogue

세상 억울한 일이 몇 가지 있습니다.
아무리 왕년에 운동을 열심히 했어도 중간에 그만두면
선명했던 복근은 은둔형 복근으로 내장 저 깊이 숨어버리고
아무리 골프를 잘 쳤어도 연습과 필드가 뜸해지면
파플레이조차 뜸해지고 영락없는 백돌이로 전락하고 맙니다.

사랑도 그런 것 같습니다.
한때 없으면 죽을 것 같고
세상 그렇게 가슴 벅찬 일이 없었는데
헤어지고 나면 모르는 사람보다 못한 사이가 되기도 합니다.
소중한 건 멈추지 말아야 하나 봅니다.
참 오래도 묵혀왔던 글들을 다시 꺼내어 보면서 느꼈던 건
사랑하고 사랑받을 때 가장 행복했다는 것입니다.
많이 부족하고 모자란 글이지만 읽으시는 분들이
잠시나마 사랑했던 한때를 추억하고 지금 사랑하는 한때를
감사하게 되는 시간이 되셨으면 좋겠습니다.

그리고 이렇게 책으로 나올 수 있게 용기와 기회를 주신
꿈꾸는 교회 고형욱 담임 목사님,
저보다 더 열의와 숙명으로 작업에 임해주신
김애영 일러스트 작가님.
자신없어 할 때마다 절 이끌어주신 사하라 흐름 대표님.
육아 전쟁을 하시는 와중에도 단체 채팅방에 결과물을
올릴 때마다 "와우"를 연발해주신 소재웅 작가님.
역시 바쁘신 일정에도 마지막까지 수정사항 꼼꼼히 챙겨주신
이정민 디자이너님.
전문가도 아니면서 전문가 이상의 매의 눈으로 냉철하게
검수해주신 교회 절친 차영수 형제님.
글보다 훨씬 멋진 추천사를 써주신, 제주 한달 살기 프로젝트
를 실행중이신 가장 멋진 인생 주철환 교수님.
군대 동기이자 세상 가장 로맨틱한 목소리, 가수 정엽 형.

마음으로 응원해주신 많은 분들에게
감사의 마음을 전합니다.

마지막으로 최근에 들었던
너무 멋진 말을 공유하고 싶습니다.
라디오 사연 중에 따님이
어머니의 생신을 축하한다며 쓴 표현인데

"오늘은 우리 엄마의 세 번째 청춘이다"

60을 환갑으로 바라보지 않고
세 번째 청춘으로 바라본 것입니다.
'멋진 관점이 멋진 말을 이끌어 내는구나!!'
전율이 일었습니다.

저도 여러분도 죽는 날까지 청춘의 삶이기를 바래봅니다.

한때 가까웠던 사이

초판 1쇄	2020년 11월 1일
지은이	강지후
일러스트	모라스토리
제작	사하라북스
출판기획	나요한
북디자인	D_CLAY 이정민
인터뷰	소재웅
인쇄	일리디자인
펴낸곳	사하라북스(SAHARA BOOKS)
주소	서울 광진구 광장로78 광성빌딩 2층
전화	02-453-7068
이메일	saharabooks@naver.com

ISBN 979-11-963732-2-1 (03810)

이 도서의 국립중앙도서관 출판예정도서목록(CIP)은
서지정보유통지원시스템 홈페이지(http://seoji.nl.go.kr)와
국가자료종합목록 구축시스템(http://kolis-net.nl.go.kr)에서
이용하실 수 있습니다. (CIP제어번호: CIP2020046684)